麻雀風了

蘇善童詩集

蘇善 著

自序：大「童」視界

在我的校園約會中，以童詩為主軸的講題包括：〈童詩元宇宙〉、〈童詩照相〉、〈童詩路線〉、〈我的觀察詩日記〉、〈與詩「童」行〉、〈童詩規則〉與〈詩在有意思〉等等，除了配合共讀文本，也常常是當下的創作感觸，藉由演講與教作，透過作品，整理並歸納我的究問與小結，分享大小讀者，因此，製作簡報之時，我習慣追「本」溯「源」，同時省思未來。

所謂「本」，是已經出版的童詩集，包括單篇的《童話詩跳格子》（二〇一四年，聯經）、長篇敘事《貓不捉老鼠：蘇善童話詩》（二〇一六年，秀威少年），介於兩者之間的《貓不捉老鼠：蘇善童話詩》（二〇二〇年，秀威少年）有三組組詩，以及童話夾帶童詩的《普羅米修詩》（二〇一八年，小兵）。而「源」，則是歷時之數，累計之數，還有特別之數，譬如，我的第一首童詩〈風箏飛〉發表於二〇〇二年十月二十五日《國語日報》「兒童文藝版」，後來該版更名為「故事版」；我的第一百七十五首童詩〈鴿子理髮〉刊登於二〇二〇年十一月二十四日，附上一張攝影照片；而二〇二二年一月五日發表的第一百八十四首童詩〈跟錯屁股〉，則隨詩刊登了我的第一張電繪插圖！

這麼數那麼數，我發覺自己仗詩走了好長好遠一段路。

邊寫邊玩。

我給發表單篇作品編號，眼下已經數到第一百八十八首。

我還為自己的童詩配上插圖。

前者，提醒自己寫新不寫舊。

後者，督促自己雙管筆描，隨心隨意但努力盡力。

這般任性，這般韌性，都為童詩緣故。

創作雖曰大道，多見分岔並行的小徑，小說、童話以及中文詩、臺語詩、童詩，都在時光之中涓涓滴滴，匯集字句而成書冊，不餒不輟，如此續「行」。

而生活實為長路，日夜歸零，四季迴返，悲喜交織，不與人說的，或者大聲分享的，皆可編入字裡行間，或因此遺忘，或因此記持，搖筆的人，大概就這麼縮放，在現實世界與文字視界之間游走，偶爾歇腳，偶爾躺平。

因為童詩，我的世界跳舞。

這一本童詩集，雖為散篇，根據編選與插畫順序，概分上下，以小詩串聯，上篇是「松鼠先來報告」，下篇是「麻雀接著報告」，共計四十首童詩，大部分已經發表，有些尚屬私藏，字字句句，都是日常遇見，驚喜拾得，詩作場景時而清晰時而模糊，但登上詩篇的角色面目可辨，松鼠、鴿子、黑冠麻鷺、白頭翁、斑鳩、麻雀以及阿貓阿狗，愛演得很，一個個等著上戲！

而那個一會兒介入一會兒旁觀的敘事者「我」，是小孩「我」，是少年「我」，也是老人「我」，偶爾放言偶爾冷語，真乃「大童」一名，擺出大人寫童詩的態勢，但不伏老，也不牙牙磨語，而是捧著童心，滿眼訝異，不時報告：大人視界是如何又如何美妙。

蘇善　二〇二二年七月定稿

目錄

下篇　麻雀接著報告

上篇　松鼠先來報告

明明有公告
不要餵詩
一片麵包不如一顆種子
藏東藏西
藏時藏日

01

原來風在唱歌

樹歪著身子，
是在聽太陽對雲說什麼悄悄話吧？

花歪著身子，
是在聽蝴蝶和蜜蜂商量玩什麼遊戲吧？

草歪著身子，
是在聽蚱蜢和蜈蚣在吵誰的腳跑得快吧？

我歪著身子，
什麼也聽不見啊？

於是我打開窗子，
呼——呼——呀——呀，
咻——咻——啦——啦，
原來，是風在唱歌啊！

＊發表於二〇〇八年五月十五日《國語日報‧故事版》，收錄於《二〇〇八臺灣兒童文學精華》頁一六七——一六九。

02

郵筒寄恐龍

養一隻恐龍
做什麼用
不能吃蜈蚣
不能趕蟑螂回去遠古
撥慢時鐘
讓歷史停止捲動
把砍掉的森林全部種回土地
不要造那麼多飛機
竄在空中
慢慢養大的恐龍，怎麼寵
帶他去夢裡兜風
帶他到海邊學游泳
或者帶上火車

陪他去找出生的祕密山洞
對了
不如在他額頭貼上郵票
塞進郵筒
寄給鄉下的阿公
騎去田裡
嚇跑吃花又啃瓜的菜蟲

*發表於二〇一四年六月十日《國語日報・故事版》。

03

風箏路過

小貓路過的時候
種子掉落
小狗經過的時候
種子瞇著眼縫
以為世界總是灰濛濛
小鴨停下來，啄了幾口
戳不破
一定有什麼祕密藏在裡頭
種子咧嘴笑著
就讓知道的來說
（風箏搖搖頭）

風路過
小樹伸長手

撈到蒲公英的小白球
雲路過
小樹歪著頭
看見自己的影子好害羞
啊，原來腳底還有一個大宇宙
晨昏路過
光陰路過
小樹不知天高地厚
決定站在原處繼續探索
（風箏點點頭）

*發表於二〇一四年八月十三日《國語日報・故事版》。

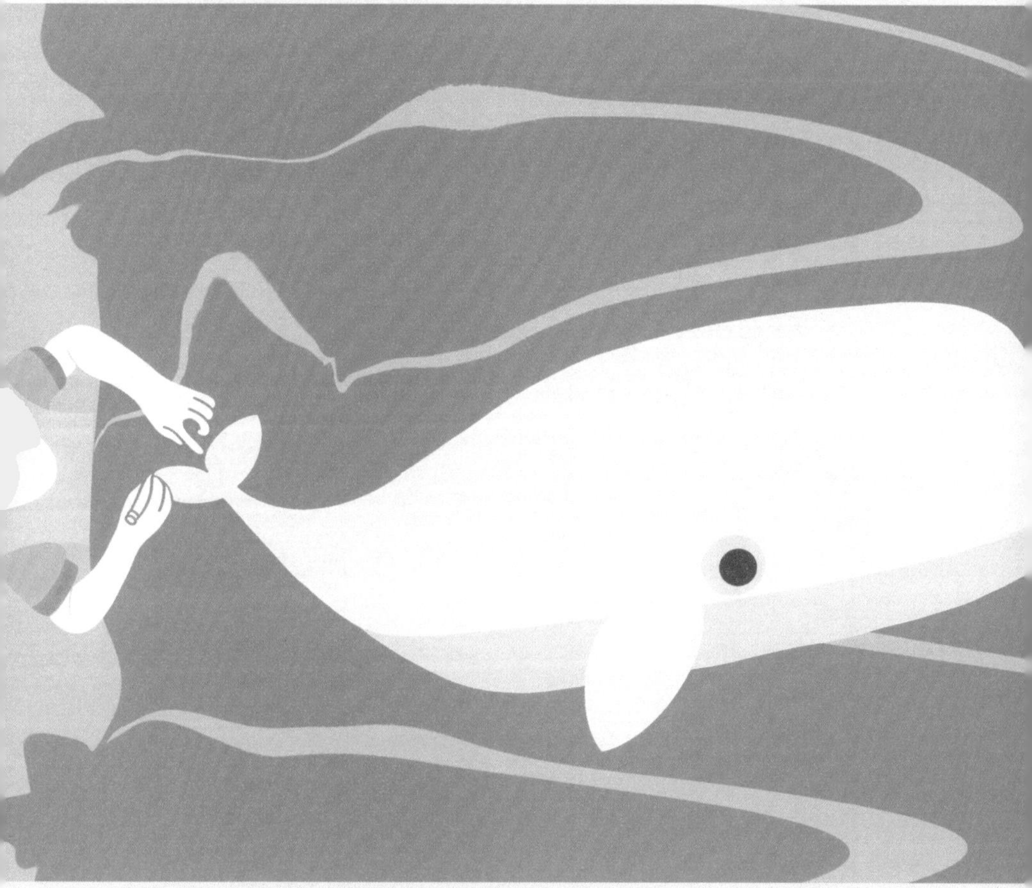

04

養鯨魚

杯子養鯨魚
巨人瞪大眼睛托在手裡
蝌蚪游啊游
那麼一杯水
連漱口都不夠

瓶子養鯨魚
娃娃張大嘴巴捧在懷裡
鎖住海水
天地是躺著的
那麼一撥水
兩秒鐘就碰到極地

屋子養鯨魚
不怕網子撈去
用最厚的玻璃擋住風雨
這麼多關愛
把海洋變成甜絲絲的

心裡養鯨魚
因為把海水放流出去
擁抱自由
這麼寬闊的呼吸
浪濤輕重緩急
都是打在身上美麗的印記

*發表於二〇一四年十月九日《國語日報・故事版》。

05

秋天的計算題

幾片葉子平分一棵樹一座森林
幾個字平分一首詩一個清晨
幾個噴嚏恰好
讚美秋天的氣氛
腦袋又不會沉沉昏昏

平分天空，該放幾隻鴿子
平分白日夢，該弄幾個影子
稿紙上就有了
胡思亂想寫得漂漂亮亮
不像阿貓阿狗跳格子

左手加右手能不能留住風
金色加黃色會不會讓相思漸漸濃
窗外是否少不了
一群麻雀抱怨日光太短
兩隻松鼠常常把午後跳得輕鬆

＊發表於二〇一五年九月三十日《國語日報・故事版》。

06

好想跳舞

大象好想跳舞
才動左腳，河水就糊
河馬說了：「你可以甩動鼻子！」

烏龜好想跳舞
才挪右腳，時鐘停住
鴨子說了：「不如你擁抱影子！」

好想好想跳舞，不管葉子氣呼呼
長頸鹿繞脖子，左邊右邊
跟上拍子
風兒也拉起雲朵轉圈子

好想好想好想跳舞，不怕雨點噗嚕嚕
狗兒找樂子，這邊那邊
嚇跑鴿子
松鼠溜回樹上啃果子

*發表於二〇一七年四月四日《國語日報・故事版》。

07

沒跟到

沒跟到
螞蟻九十九號轉得綁手綁腳
（明明路只有一條）
幸好蟑螂掉了一口蛋糕

還是沒跟到
螞蟻九十九號忙得逼手趕腳
（偏偏只念著一個味道）
希望蜜蜂沒看見那朵小花扶牆微笑

就是沒跟到
（會不會記錯地方）

螞蟻九十九號等得捏手又捻腳
聽說偷走恐龍蛋可以變成故事主角

為什麼一直沒跟到
（是不是整晚做夢）
螞蟻九十九號睡得縮手又縮腳
那天撿到的餅乾肯定是巫婆的魔藥

＊發表於二〇一七年四月二十六日《國語日報‧故事版》。

08

用星星思考

土地用白鷺鷥思考
濕濕軟軟
是想繼續種稻還是種香蕉

黑夜用星星思考
混混沌沌
也許揉出一顆星球，閃耀

天空有時用風箏思考
無線的
掛在雲端，思念到海角

欖仁哪裡只用葉子思考
給點顏色
要人把青紅皂白調一調

小狗搖著尾巴思考
能不能誰來解釋一下
老鷹為什麼打開翅膀思考

*發表於二〇一七年五月二十四日《國語日報・故事版》。

09

只有月亮看到

圓圓跌了一跤
只有月亮看到
（貓頭鷹轉頭看見蝙蝠在吸蜜）
圓圓拍手拍腳，眉頭一皺
他說：「喔，白白淨淨的泥土真是不好找！」

方方跌了一跤
只有月亮看到
（貓頭鷹轉頭瞧見刺蝟打噴嚏）
方方摸頭摸腦，眼珠一溜
他說：「嗯，染上土色應該很時髦！」

圓圓和方方一起摔倒
這個滾到天涯
那個翻到海角
明明誰也沒看到
（貓頭鷹恰恰轉頭瞧見偵察機）
月亮卻說：「啊哈，星星都在偷笑！」

*發表於二〇一七年八月三日《國語日報・故事版》。

10

陽光華爾滋

陽光滑了一跤
眼前黑掉
小星星冒、冒、冒……
（喔——疼熱破錶）
生氣
烤焦一隊迷路的螞蟻
燙捲鴿子的羽翼
惹得麻雀跳亂了拍子
喳喳嘰嘰，抗議：
這麼多線到底譜著什麼曲！

陽光滑了一跤
只被樹洞裡的松鼠瞄到

只被打哈欠的狗兒遠遠聽到
（噢——優雅破錶）
深呼吸
抬起腰臀、拍拍屁股
搭住風兒雙臂
跳過草皮
繞過小溪
滑——華爾滋就是要轉得樂迷迷！

＊發表於二〇一八年五月三日《國語日報・故事版》。

11
喜歡詩會做夢

山喜歡的詩
是風，動也不動

小河喜歡的詩
是雨搶了鈴鐺的叮咚叮咚

樹喜歡的詩
是花，聞不出季節
迷惑一群蜜蜂

小草喜歡的詩
是扭來扭去的小蟲
把宇宙鑽出一個黑洞

松鼠喜歡的詩
能藏時間，用一粒種子

鴿子喜歡的詩
能收翼掩護不再發光的星子

稻草人喜歡的詩
可以跑跑跳跳
偶爾追逐田鼠偶爾揪出誰摘蔥

阿貓阿狗喜歡的詩
可以吼叫
睜著眼睛也要做夢

＊發表於二〇一八年五月二十五日《國語日報・故事版》。

12

垃圾長

選誰來當垃圾長？
撿起枯葉也撿起斷裂的夕陽
撿起落花也撿起眼淚兩三行

選誰？選誰來當垃圾長？
撿到螞蟻的飯糰不會送給螳螂
撿到松鼠的蘋果不會送給大野狼

選誰想當垃圾長？
撿拾溪水的呢喃還撿拾時光
撿拾青山的嘆息還撿拾迷霧茫茫

選誰能當垃圾長？
撿了星塵也撿了嗚咽的海浪
撿了月暈也撿了風霾囂張

選誰願當垃圾長？
撿來春天盛開的夢想逗一逗夏天歌唱
撿走秋天爛漫的雲霞好讓冬天靜養

＊發表於二〇一九年二月二十五日《國語日報・故事版》。

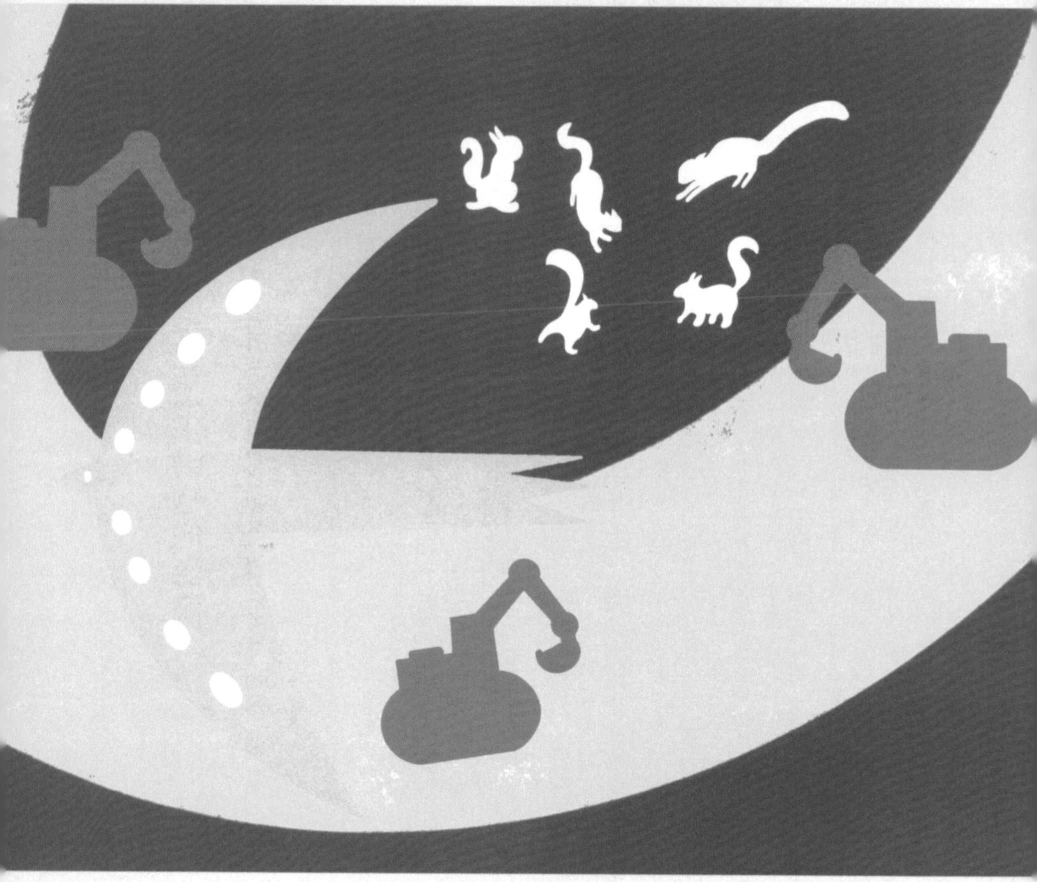

13

松鼠報告

怪手包圍公園
只剩天空沒有界限
（哪隻松鼠還瞇著眼？）
鳥兒照飛
只要記得太陽拴在尾巴後面
（哪隻松鼠忘記洗臉？）
阿貓阿狗又拐又繞
還沒練跑就瘦了一圈

馬路又挖又刨
小葉欖仁用細根抓牢
挺過颱風的樟樹應該不會倒
（哪隻松鼠迷路還絆了腳？）

楓香碧綠
枝葉稀疏的梔子竟然開花了
偏偏沒遇見半個微笑
（哪隻松鼠負責打報告？）

＊發表於二〇一九年六月二十五日《國語日報・故事版》。

14

鴿子下棋

枯枝和落葉畫線
螞蟻描邊
棋盤出現
陽光揮灑點、點、點
（白子瞬間占據一大片）
陰影悄悄蔓延
（黑子不讓）
雲朵快閃
飛機最好飛高再飛高一點
午後忽明忽暗
別怪旁觀的詩人太懶
發呆真棒
拜託鴿子們代戰

直走橫走
咕、咕、咕，叫陽光降溫
（白子大肆鋪展）
咕、咕、咕，勸陰影納涼
（黑子疊上樹蔭）
突然——松鼠丟出一顆果子
鴿子拍翅四散
吉娃娃嚇得團團轉
老爺爺繼續打鼾

*發表於二〇一九年九月六日《國語日報・故事版》。

15

禮物清單

送給吉娃娃一包牛奶糖
送給貓兒一個紙箱
送給麻雀一支麥克風
送給鴿子一片不會下雨的天空
（不會融化的冰山送給北極熊）
送給松鼠一支滑梯
上學只要三分鐘
送給螞蟻一條祕密通道
繞過蜈蚣
扛走巫婆的斗篷
送給蜘蛛一個編不完的故事
送給黑冠麻鷺一個可以漫步的林子
送給馴鹿一首新歌不說鼻子紅

送給聖誕老人一根除霾的超級煙囪
（打掃機器人改送懶惰蟲）

＊發表於二〇一九年十二月二十四日《國語日報・故事版》。

16

上學之前

我要先去盪鞦韆
盪進草原
盪到天邊

盪過第三章跳入尋寶冒險
發現地圖上的關鍵字
抵達白日夢界限

我盪，我一定要盪到鞦韆
沒人瞪眼
沒人在耳朵旁低聲抱怨
說學校門口站著一隻惡犬
說放屁不要被人聽見

還問我作業是不是忘在房間

我盪呀盪
盪上鞦韆才不管地面
鞦韆就是我一個人的遊樂園

我左想右想
高興半天，鬧鐘卻揉著眼：
「不是才半夜三點？」

＊發表於二〇二〇年一月八日《國語日報・故事版》。

17
試吃報告

雲朵白泡泡
鬆鬆軟軟
（準備做蛋糕）
風颼颼
摸不到松鼠的後腦勺
（香蕉泥拌核桃）
把樹洞掃一掃
陽光在窗外跳耀
（蜂蜜幾勺）
去年的栗子也來烤一烤
爆出歲月的味道
（奶油不多不少）
把朋友找一找

喝喝茶
（交換試吃報告）
聊一聊麻雀和鴿子的煩惱
瞧，冬天來得靜悄悄
葉子掉了
初雪未飄

*發表於二〇二〇年十一月十三日《國語日報・故事版》。

18

黑冠麻鷺的陽傘

陽光鋪開
快把棉被晾上陽台
快搬書，快挪盆栽
書太厚
發霉的那幾頁描寫雲彩
迷迭香太悶
憋著一縷清新
等風吹來

下午好曬
黑冠麻鷺的腳慢慢抬
搶不到樹蔭
一臉陽光海

誰啊
快把陽傘撐開
快借幾分涼爽
一起陪著影子發呆

*發表於二〇二一年八月五日《國語日報・故事版》。

19

魔幻暑假

大家都在家
一會兒瞪著布娃娃
一會兒想找隻螞蟻來吵架
山，躲得遠遠的
思念海浪
雲兒就愛晃來晃去
練習魔法
變成芒果冰沙
變成孤單的荷花
風呢，呼小呼大
一陣子為斑鳩和音
一陣子叫麻雀閉上嘴巴
阿貓阿狗沒計畫

趴著樹蔭
想像冰上溜滑

＊發表於二〇二一年八月二十七日《國語日報・故事版》。

20

跟錯屁股

上學的路
穿越魔幻公園
媽媽跟著雲的屁股
我跟進媽媽的童年跳格子
小鴨跟著蟲子
白鷺鷥跟著水牛屁股
跟著大象在叢林繞路
跟著長頸鹿去天邊摘椰子
跟著無尾熊學抱樹
想發呆就跟著黑冠麻鷺
想釣魚先跟著蜻蜓停上樹枝
松鼠跟著滾落的果子
阿貓閉眼也不會跟錯屁股

穿越魔幻公園
放學的路
我跟著風的屁股
媽媽跟著我的舞步撿影子

*發表於二〇二二年一月一日《國語日報・故事版》。

下篇　麻雀接著報告

什麼花都開好了
不要採詩
一棵樹會長出很多故事
話南話北
畫風畫雨

21

換位子

換到蝴蝶旁邊
蝴蝶分我一顆花粉
我聞到花園
一朵花笑得好甜

換到蜜蜂旁邊
蜜蜂分我一口夏蜜
我聞到果樹
一粒水蜜桃好鮮豔

換到老虎旁邊
狐狸不敢再看我一眼
我可以補個眠
小小聲打一個大哈欠

麻雀也換到我旁邊
吱
吱吱
吱吱吱
他們圍出一個朋友圈
聊東聊西
說我看起來很悠閒
卻怪我一句話也不說
只會板著一張臉

＊發表於二〇一一年十一月十五日《國語日報‧故事版》。

22

麻雀洗澡

陽光灑了半天
溫度正好
夠鋪一層薄薄的夢
微微打盹不會沉入時空
飛翔
等等風兒招呼
嗯，沙土輕鬆
適合洗掉一身的寄生蟲
腦門上的瞌睡蟲
揹著思想，眼皮好重
翅膀上的懶惰蟲
永遠把現在密封
說是昨天比今天管用

緊緊巴著屁股的賴皮蟲哪
每次都說再等一下
不想立即行動
啊，沙土輕鬆
刷刷刷
撥撥沙
灰頭土臉才是萌
甩開習慣
趕走羽毛裡的可憐蟲

＊發表於二〇一四年九月三十日《國語日報・故事版》。

23

秀拉的麻雀

大碗島禮拜日的下午
野餐結束
麻雀的討論才開始
吱、吱、吱
東邊有得吃
再遠一些的樹下可以乘涼
聽人說書
啁、啁、啁
西邊有得住
多轉一個彎還有大院子
什麼花都開
就差墨花一片黑糊糊
吱吱，去測測南方的陽光幾度

啁啁，去量量北方積雪幾尺
沿著電線桿找故事
麻雀們跳來跳去然後齊聲歡呼
沒看見一支耐心的筆
慢慢描摹
開心的笑語以及沒說完的
點點點
都讓秀拉畫了圖

＊發表於二〇一五年七月二十三日《國語日報・故事版》。

24

麻雀風了

一隻麻雀啄啄米
兩隻麻雀應該下下棋
三四隻麻雀跳跳跳
底下的石頭抱頭因為躲不掉
五六隻麻雀猜拳做什麼
啊哈，輸了就得乖乖去撿垃圾
七八隻麻雀比賽噤口
牆上的時鐘竟然也賴著不走

一群麻雀當然要大合唱
別管誰要關窗、誰在那邊嚷嚷
一群麻雀就是風了
鴿子不敢嘲笑短短的翅膀不管用
一群麻雀真是風了
小小毛頭卻想占據整個天空

＊發表於二〇一六年十月二十五日《國語日報‧故事版》。

25
不准踮腳

比身高，小狗和小貓
誰也不准踮腳
抬起頭，挺起胸
鼻子正常呼吸
（是誰聞到桂花香氣緩緩的飄）
尾巴一定要收好

茉莉不准踮腳
七里香不准踮腳
小葉欖仁不准踮腳
大王椰子不准踮腳

來比身高，麻雀和布穀鳥
誰也不准踮腳
縮肚子，夾屁股
嘴巴偷偷的吮
（是誰吞下小蟲正在用泥巴洗澡）
翅膀一定要收好

猴子不准踮腳
猩猩不准踮腳
羚羊不准踮腳
長頸鹿不准偷偷踮腳

*發表於二〇一七年二月二十一日《國語日報・故事版》。

26

麻雀喜歡開會

麻雀喜歡開會
曬衣桿上討論最長的口水往哪裡飛
麻雀喜歡早上開會
決定派出一個短腿跑給狗兒追
麻雀喜歡一邊吃一邊開會
軟的嫌太爛，硬的又怕弄擰了嘴
麻雀最喜歡下午三點開會
等老奶奶打盹之後就去幫貓兒抓抓背
麻雀喜歡一邊洗澡一邊開會
不用牛奶，不妨撒滿一池花蕊

麻雀動不動就要開會
甚至一起打盹也想揪出偷書賊

麻雀時不時就想開會
遲到的，總說幻變的彩霞今天真美

麻雀啊，為什麼老在我的窗前開會
你知道寫詩的時候絕對、絕對不會打瞌睡

麻雀啊麻雀，千萬別擠進我的夢裡開會
你知道的，大大小小的怪獸沒有一隻願意閉嘴

*發表於二〇一七年七月十五日《國語日報・故事版》。

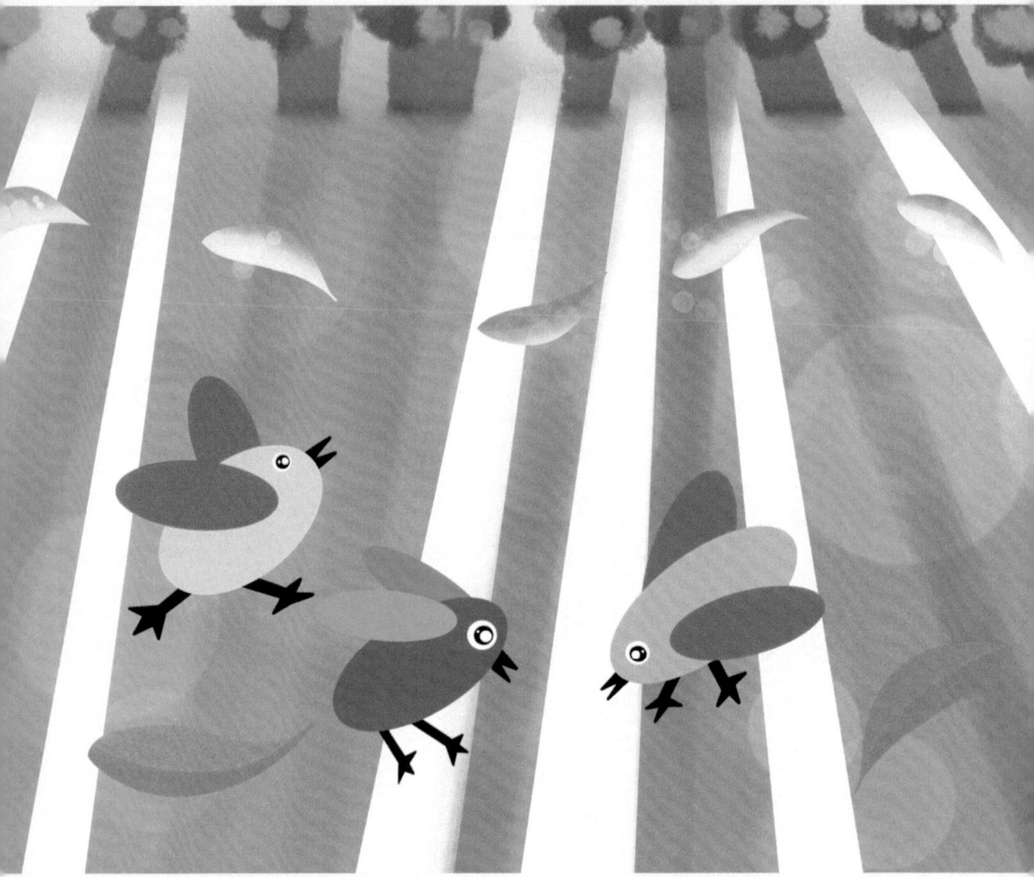

27
麻雀彈琴

大樹打著盹兒排排站
等天亮，亮出鍵盤

陽光施展魔法
霎霎，往地上撒了一把

白日擁抱黑影
這麼一躺，躺成哈農的鋼琴

（誰先彈？）
麻雀吱吱喳喳吵個沒完
（趕快試試觸感？）
只要松鼠別來亂

叮叮咚咚，兩隻腳用力跳
（誰說三個八度不夠瞧？）
咚咚叮叮，踮起腳尖半騰半躍
（要不來個空翻然後轉調？）

麻雀打著拍子排排站
不管葉子噓噓，嬉戲鍵盤

陽光施展魔法
嘩嘩，往琴上灑了一把

白日撥動黑影
那麼一淌，淌出早晨的樂音

＊發表於二〇一七年十一月六日《國語日報・故事版》。

28

催眠五百隻麻雀

麻雀們，閉眼裝睡
統統誰也不理誰
想像世界非常黑
站著睡站著飛
拍動翅膀擺著尾
別管烏鴉嘴
躲開山林魑魅
摸進詩人的書帷
嗅聞時光的醍醐味
瞧瞧那一缸老墨水
蓄養幻獸，什麼都會
能給嘰嘰咕咕千百捶

能把吱吱喳喳全揉碎
看見貓兒竟然軟了腿

＊發表於二〇一八年十一月三日《國語日報・故事版》。

29

送襪子

送禮物就送襪子
送上一整個冬天暖呼呼
松鼠的襪子是魔法爪子
爬樹像在溜冰池
阿貓阿狗的襪子是撢子
跑時揮土
跳時拍霧
麻雀的襪子聽說是巫婆偷偷織
用了快樂絲
拆了三次
編入奇幻的音符
一開口就是美聲天使
發呆的黑面麻鷺收到飛行襪子

一抬腳就像裝上滑翔翅
當班的麋鹿收到隱身襪子
再長的角也能遮住
是了是了
送禮物統統送襪子
一定有誰懶得動腦子
只想窩著
不管外面風雪呼呼

*發表於二〇一八年十二月十九日《國語日報・故事版》。

30

麻雀洗沙沙

不怕陽光潑灑
麻雀洗沙沙
洗臉
洗翅膀
洗洗頭又洗洗胸膛
洗洗洗
刷刷刷
洗完屁股
竟然挖到一塊香蕉餅乾
黏著芝麻
可能還放了三溫糖

麻雀洗沙沙
洗洗洗
刷刷刷
等待陽光施展魔法
召喚
池中睡蓮
陽台的球蘭
竹竿攤平棉被趴著布娃娃
山腳下的小木屋
門開了
是誰伸著懶腰打哈哈

31

追麻雀

貓兒追麻雀
被搶走的魚架子
還掛著滴滴答答的口水

狗兒追麻雀
被叼走的骨頭餅乾
再過一分鐘就不再硬硬脆脆

松鼠追麻雀
辛辛苦苦藏好的果子
誰都別想偷偷挖出來當零嘴

鴿子追麻雀
翅膀不是拿來搧風
視界放遠，把天空飛一飛

詩人追麻雀
因為少了一個動詞
最好是動也不動的尖嘴利齒

麻雀追麻雀
害得稻草人披頭散髮
簡直就像是怪獸在甩尾

32
一百九十九隻麻雀的校外教學

本來跟巫婆有約
說要調製變身的藥水
變成老鷹
變成巨人
再也不怕鯊魚衝上來咬腿
但是但是，天空太美
外頭一定有滿滿的青山和綠水
留下一個代表
舉手回答
詩人的對與不對

走、走、走，想排隊就排隊
瞧、瞧、瞧，變也不變的世界

拐幾個彎，轉幾個角
沒遇見赤腳的貓找他的長靴
沒遇見天鵝不想跳芭蕾
路上有風有光
吃了餅乾喝了水
一會兒唱歌一會兒拌嘴
不累不累
雲彩真美
最棒的是：沒有作業
回到家矇頭大睡
卻在夢裡寫詩寫了一整夜

33

麻雀有問題

老鷹怎麼飛
這麼輕鬆把風夾在腋下
鴿子怎麼拍翅
捉弄那麼善變的彩霞
孔雀怎麼走步
抬起下巴，怎麼同時翹尾巴
（蝴蝶猜想：一定是翅膀的問題？）

怎麼學安靜
開心不就是應該吱吱喳喳
怎麼學優雅
一張嘴總是忍不住嘻嘻哈哈
（貓兒笑了：愛玩哪有什麼問題？）

怎麼變高壯
腸子拐彎其實也藏有偉大的密碼
怎麼變勇敢
影子在白天裡奔跑根本不用怕
（松鼠推測：難道有關面子問題？）

不管風雨怎麼飄搖
兩隻腳怎麼永遠跳起碰恰恰
（蜘蛛劈了腳：抓不到拍子的問題？）

一隻怎麼鬧成一百隻的午後
不論城市或鄉下
（螞蟻嚷著：最好沒有睡眠問題！）

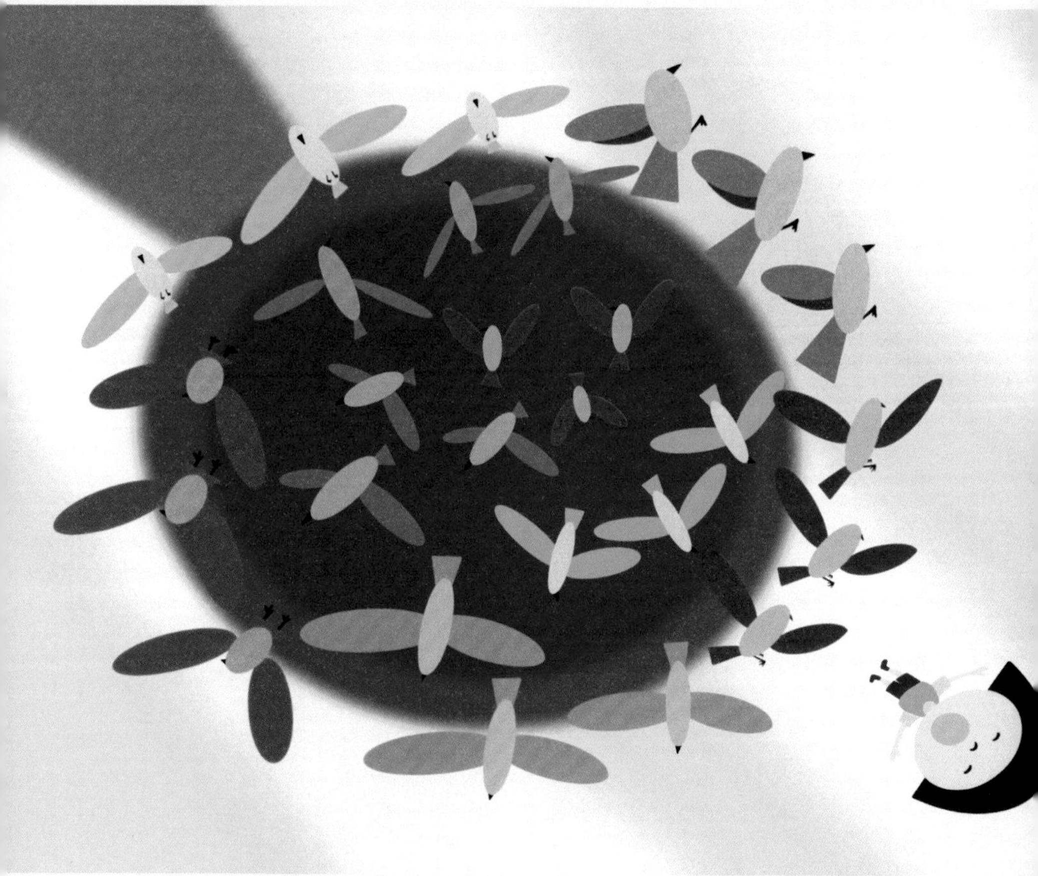

34

麻雀開花

縮下巴，收尾巴
抓著枝條
假裝一朵想開就開的花
想像怎樣苞藏宇宙
傾聽時空問答
不能吱吱喳喳
安靜三秒
（一秒定氣）
阿貓阿狗不准逗娃娃
（一秒放眼）
風別颳，雨別下
全世界的吵鬧都暫停吧
等飛機鑽出雲朵

（肚子預備）
等棉被翻身
（翅膀預備）
等陽光剛剛好親到嘴巴
迸迸迸
抖開
一陣笑語和喧嘩

35

稻草人流鼻水

被風欺負
不能撥開散亂的髮絲

被麻雀欺負
（偶爾還有旅行的野鴿子）
不能打盹輕聲打呼

被陽光欺負
白花花的世界布滿蜘蛛絲
（月亮送了墨鏡卻又好霧）

只要守著田地
不怕童話飛出邪惡的女巫

只管黑夜的溫度
不能冷到趕跑了露珠
（別拿我的鼻水來充數）

只想保持優雅的樣子
（披披掛掛，一襲彩虹布）
守著歲月
站出一首詩

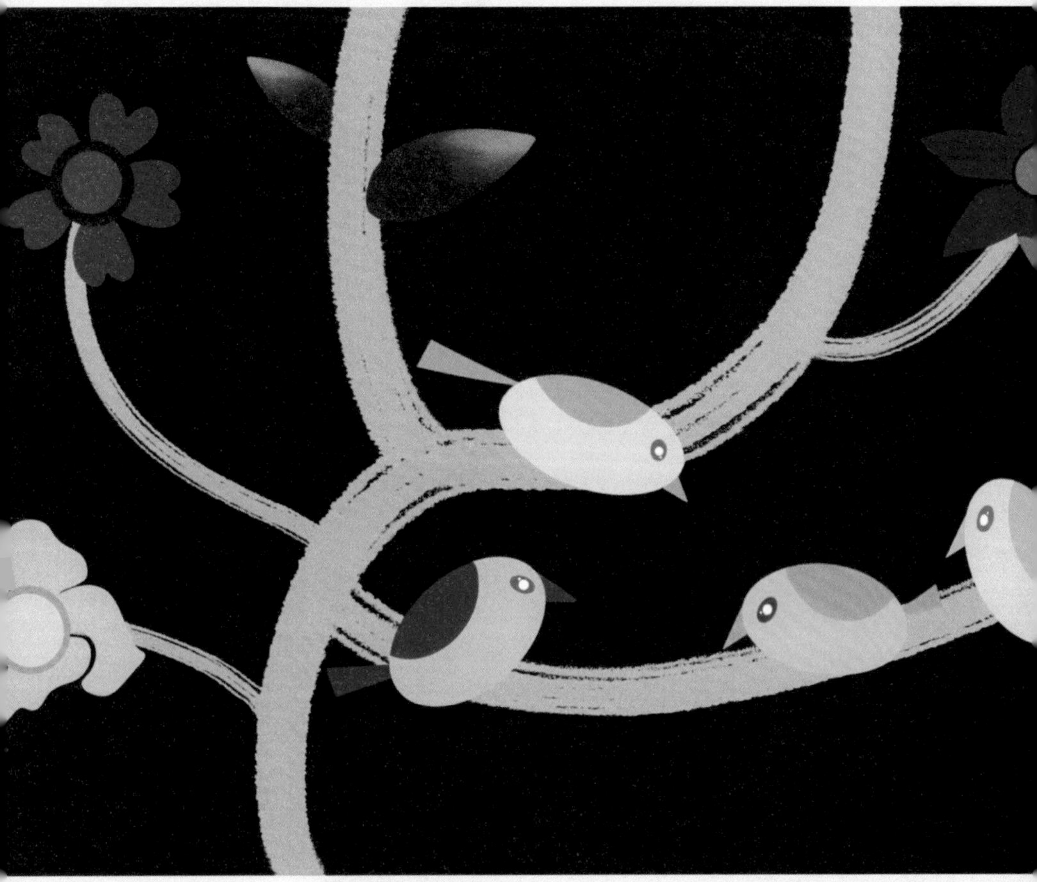

36

麻雀報告

只剩山坡還沒割草
紫薇爆笑
九芎倒是枯了
羅漢松把毬果藏好
黃玉蘭和白玉蘭比賽噴香
竹下棋局靜悄悄
烏桕紅了
欒樹巴巴等待春風
雲朵擠出一桶淚水給鴿子泡澡
小孩都去了哪兒
沒有籃框怎麼接球
沒有搖搖馬怎能去童話王國繞一繞
幸好一棵樹也沒少

茄冬、流蘇、大花紫薇
想像的櫻花道
辛夷又被摘走花苞
喜鵲天天忙著
加蓋二樓又加蓋三樓，在天邊俯瞰
阿貓守著時間的黑洞
阿狗跛了一隻腳

37

麻雀爬牆

詩人偷偷比賽
哪首別出
哪首新裁
把吱吱喳喳丟開
一個寫麻雀沖澡
水窪比擬大海
另一個寫麻雀洗沙沙
隱藏陽光喧嘩
把遠遠近近兜在一塊
不談屋簷、稻草人和綠油油的鄉下
不論城市、垃圾以及烏鴉黑壓壓
說真說假
譬如「麻雀喜歡開會」

譬如「麻雀風了」
譬如闖入秀拉的畫
譬如在黑白琴鍵跳恰恰
或者寫一篇童話：
麻雀爬呀爬
牆壁當鷹架
爬進一座想像殿堂
裡頭種種形容
文字隨便拿

38

月亮貪玩

初冬早上的月亮還想玩
躲在大樹旁邊
吵不醒的松鼠好會賴床
跟在鴿子屁股後面
撿不到迷路的星星
趕不上第一班載夢的飛機
只能追著秒針跑步的人
繞了一圈又一圈
這兒鑽
把白蓬蓬的雲朵變成棉花糖
那兒鑽
把黃澄澄的玉蘭編入奶奶的髮網
只想隨著時針漫步的人

這兒看
猜猜果子裂開還要幾天
那兒看
想想葉子落地那一瞬是否悲傷
不管阿貓阿狗怎麼瞪眼
不理麻雀搶早餐
就讓白頭翁開開嗓
或者斑鳩咕咕大聲唱
吆喝太陽來換班

39

排隊

第三個故事，請排隊
雖然第二個故事偷偷尋找結尾
可是第一個故事正在迂迴
第三個故事總之沒有理由插隊
除非文字自動堆疊
第三個故事，乖乖排隊
等麻雀搶到鴿子的零嘴
等夕陽西斜
等樹下沒有黑狗瞪眼
其實兩排利齒硬生生頂著嘴
等著
捏一把冷汗的情節
塗了又寫

松鼠也許就嚇軟了腿
滾到最後一句
正好陪冬眠的螞蟻呼呼大睡
等著
等著

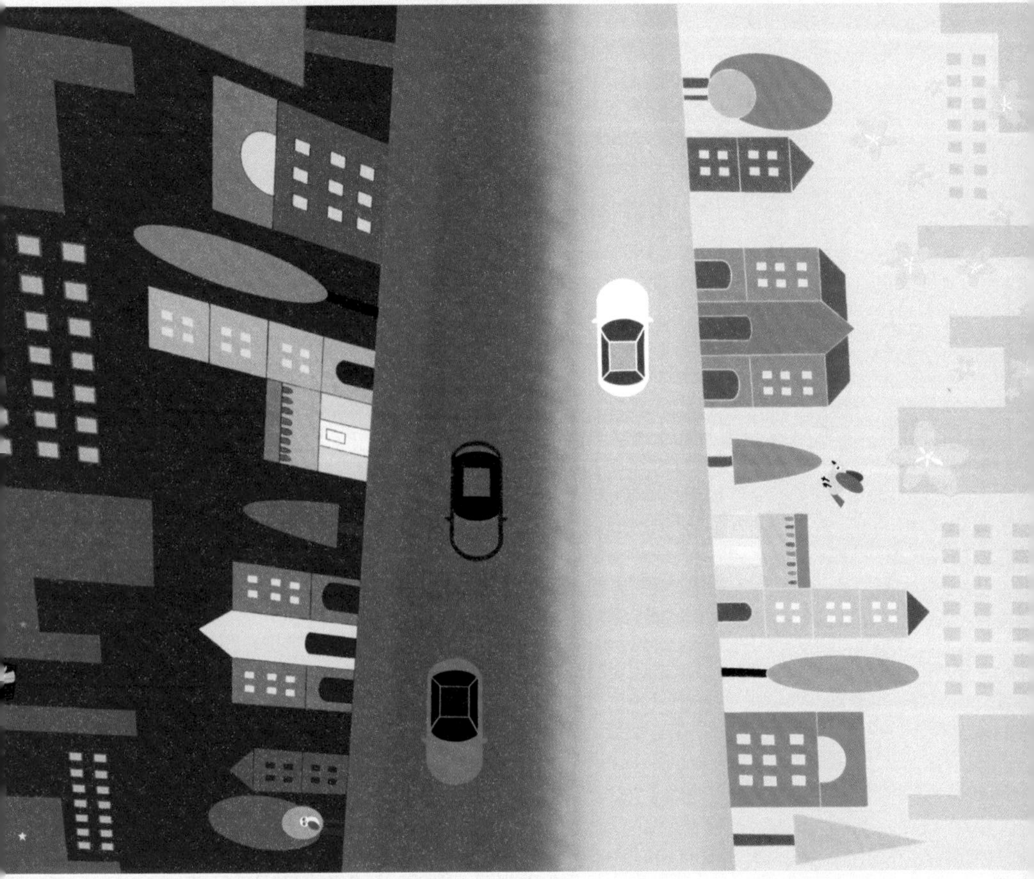

40

十三樓的信號旗

六點就洗好的被單
等待陽光撒花
那是十三樓的信號旗
呼喚城市起床
（麻雀吱吱）
早安，親愛的街道

半夜才洗好的襯衫
摘下星星藏進口袋
那是十三樓的信號旗
祝福美夢又甜又香
（貓頭鷹咕咕）
路燈也睏了，晚安

兒童文學61　PG2791

麻雀風了：

蘇善童詩集

作　　者／蘇　善
繪　　圖／蘇　善
責任編輯／孟人玉
圖文排版／陳彥妏
封面設計／吳咏潔
出版策劃／秀威少年
製作發行／秀威資訊科技股份有限公司
114 台北市內湖區瑞光路76巷65號1樓
電話：+886-2-2796-3638
傳真：+886-2-2796-1377
服務信箱：service@showwe.com.tw
http://www.showwe.com.tw

郵政劃撥／19563868
戶名：秀威資訊科技股份有限公司
展售門市／國家書店【松江門市】
104 台北市中山區松江路209號1樓
電話：+886-2-2518-0207
傳真：+886-2-2518-0778

網路訂購／秀威網路書店：https://store.showwe.tw
　　　　　國家網路書店：https://www.govbooks.com.tw
法律顧問／毛國樑　律師

總經銷／聯寶國際文化事業有限公司
221新北市汐止區康寧街169巷27號8樓
電話：+886-2-2695-4083
傳真：+886-2-2695-4087

出版日期／2022年9月　BOD一版　定價／300元
ISBN／978-626-96349-2-7

讀者回函卡

秀威少年
SHOWWE YOUNG

國家圖書館出版品預行編目

麻雀風了：蘇善童詩集/蘇善著. -- 一版. --
臺北市：秀威少年, 2022.09
面；　公分. -- (兒童文學；61)
BOD版
ISBN 978-626-96349-2-7(平裝)

863.598　　111012141